KB073816

당신의 밤에 별을 띄울게요

당신의 밤에 별을 띄울게요

ⓒ 김범수, 2023

초판 1쇄 발행 2023년 9월 8일

지은이   김범수
펴낸이   이기봉
편집   좋은땅 편집팀
펴낸곳   도서출판 좋은땅
주소   서울특별시 마포구 양화로12길 26 지월드빌딩 (서교동 395-7)
전화   02)374-8616~7
팩스   02)374-8614
이메일   gworldbook@naver.com
홈페이지   www.g-world.co.kr

ISBN   979-11-388-2180-3 (03810)

당신의 밤에
별을 띄울게요

김범수 시집

좋은땅

잠긴 기억의 문을 열고 시간을 거슬러 올라가다 보면 햇살이 예쁘게 내리고 있는 교실에서 시를 쓰고 있는 어린 시절의 제가 보입니다.

어떤 묘한 기운에 이끌려 '동시부'에 들어가서 처음으로 시(詩)와 만난 날이 마치 어제처럼 선연(鮮然)하게 떠오릅니다.

시를 쓰게 되면서부터 가사에도 마음이 가기 시작했고, 그렇게 홀린 듯 노랫말을 외우고 동시를 읽다 보니 길을 걷다가도, 친구들과 놀다가도 가사와 시가 떠올랐습니다. 그때 처음으로 '작사가'와 '시인'이 되고 싶다는 마음을 품게 되었습니다.

하지만 꿈의 씨앗이 돋아나기도 전에 겁을 먹고 꿈으로부터 멀리 도망가 버렸고, 그렇게 꿈을 외면한 저는 수많은 시간이 흘러 덜컥 어른이 되어 버렸습니다.

현실만을 위해 사는 게 정답이라 생각했고, 남들이 가는 길을 가야만 안온(安穩)한 삶을 살 수 있다고 믿는 '겁쟁이 어른'이 되고 말았습니다.

겁쟁이 어른이 되어 작사가와 시인이 아닌 삶을 살아오면서도 가사와 시를 차마 버리지 못했고, 가사와 시를 읽고 쓰며 마음을 달래곤 했었습니다.

그러던 어느 날, 가슴에 천둥 번개가 친 듯 휘청거렸고 곧바로 가사와 시를 미친 듯이 쓰기 시작했습니다. 그 순간 깨달았습니다.

작사가와 시인이 돼야겠다고. 가사와 시를 쓰자고. 꿈을 외면하면 안 된다고.

그 이후로 본격적으로 가사와 시를 공부하게 되었고 수많은 역경 끝에 도전을 결심했습니다.

떠밀리듯 살아지는 삶에서 탈피하고 진정으로 사랑하는 일을 하며 주체적으로 살아가는 삶을 살기 위해서 꿈이라는 번지점프대 위에서 뛰어내렸습니다.

그렇게 작사가로 새롭게 태어났습니다.

사랑하고 좋아하는 일을 하며 사는 삶에도 분명 감당해야 할 힘든 일이 있는 건 사실입니다. 하지만 견디며 나아갈 수 있는 건 '사랑' 덕분입니다. 진정으로 가사와 시를 사랑하니 시련조차도 감사한 마음입니다. 시대를 초월해서 살아갈 저의 가사와 시가 있어서 행복하고, 늦게나마 천직을 찾을 수 있게 되어 하루하루 감사한 마음입니다.

몇 해 전 하늘로 가신 우리 외할머니께서 치매 때문에 손자 이름도 잊으시면서 유행가 가사는 기억하시는 모습을 보고 '한 사람의 마음에 들어온 가사와 시는 그 사람과

평생을 함께하는구나'라고 느꼈고 '더욱 혼을 담아서 작사를 하고 시를 써야겠다'고 다짐했습니다. 그 다짐으로 쓴 시가 모여 첫 시집 『당신의 밤에 별을 띄울게요』로 나오게 되었습니다.

시집 『당신의 밤에 별을 띄울게요』 속에는 저 별이 아쉬워서 헤어지기 싫은 밤의 설렘에서 이별 후 그리워하는 사랑까지 다양한 모습들을 담은 시들이 있습니다.

저의 시가 여러분의 밤을 안아 주길 바랍니다.

2023년 6월 14일
김범수

3부 별이 지던 날의 우리

4부 너도 저 별을 보고 있을까

1부

저 별이 아쉬워서
헤어지기 싫은 밤

너를 만나

너를 만난 건
수많은 별 중 하나와의 눈 마주침 같은
우연이었지만

이제 우리는
운명이 아니면
설명할 수 없는 사이가 되었어

밤을 날아서

붉어진 이 마음
설명할 수 없네

뭐냐고 물어도
대답 없네

밤하늘
당신 얼굴만 둥둥

이 밤을 날아서
당신에게 훨훨

저 달이 예뻐서

실눈을 뜬 채
우릴 보던 달은
저 멀리 걸어가는데

나는
시간이 멈춘 듯
당신 뒷모습만 보네

저 달이 예뻐서
어찌 뒤돌아 갈까
발걸음 멎은 밤이로다

너의 하루가 나였으면

처음엔 너에게 그늘이 되어 주고 싶었고
쉴 수 있는 의자가 되어 주고 싶었는데

이제는 너의 하루가 되고 싶어졌어
사랑은 그런 건가 봐

저 별이 아쉬워서 헤어지기 싫은 밤

저 별이 아쉬워서 헤어지기 싫은 이 밤을
당신과 함께 걷네

별이 지기 전에 손 놓고 싶지 않은 이 마음을
당신 몰래 달래네

별빛을 걷는 이 밤이
영영 멈춰 버렸으면 좋겠네

소원

마주치기만을 간절히 바랐는데
당신 그림자 하나 보지 못했네요

어디선가 당신 닮은 향기 불어올 때면
봄을 기다린 소녀처럼 달려갈게요

늦어도 좋으니 와 준다면
나의 소원은 없을 거예요

꽃 1

꽃을 심는다
그대가 자주 가는 길목에 몰래 심는다
꽃을 가장한 사랑을 심는다

나처럼 마음을 고이 숨겨 두고 조금씩 자란다
그대가 그 꽃을 알아볼 때면
나 향기가 되어 그대에게 안기리

인연

당신을 바라보다가
문득 인연에 대해 생각했습니다
수많은 사람 중 당신과 내가
어떻게 우리가 될 수 있었는지
인연이 아니면 설명할 수가 없습니다

당신을 사랑하면서
인연을 믿게 되었습니다
한낱 장난 같은 마음에 상처받던 내가
당신을 만나 다시 한번 사랑을 하게 된 건
내 안에 당신이 피었기 때문입니다

꽃 2

꽃 한 송이
마련할 여유가 없는 그 남자는
그녀를 위해 꽃을 그려 주었어요

그 꽃은
향기 없이 향기로웠고
이름 없이 아름다웠어요

세상 그 어디에도 없는 꽃이
그녀의 마음에 피었으니까요

오늘부터 내 마음은

참으로 오랜만에
햇살 같은 미소에 잠시나마 포근했습니다
그 미소가 나를 향했다는 게 믿어지지 않았고
내 것이 아닌 미소였어도 행복했습니다

아주 잠깐 상상에 빠져서
당신의 사람이 된 나는
푸른 하늘을 당신과 날았습니다
어쩌면 오늘부터 내 마음은
당신만 바라볼 것 같습니다

별빛을 빌려

마음으로 가만히 바라봅니다
분명 곁에 있지만
없는 사람처럼 고요히

혹여 그대 지친 마음에
먼지 하나 더하게 될까
사랑한다는 말은 차마 하지 못합니다

그대 언젠가
내 어깨를 찾을 때면
별빛을 빌려 고백하겠습니다

마중

숨어 있을까
작은 선물 하나 사서 있을까
고민하는 그 작은 틈 사이
저 멀리서 네가 걸어온다

1초마다 설레는 나

오늘도

사랑한다 말하면 남이 될까 봐
지금보다 못한 사이가 될까 봐
오늘도 마음을 감춥니다

이 사랑

사랑한다 말하면 멀리 달아날까 봐
내 사랑이 죄가 될까 봐
가까이 가고 싶은 마음 대신
뒷걸음질만 배웠습니다

단 한순간이라도 그대 사람이고픈
이 간절함을 어찌할까요
나의 사랑을 모르는 그대는
오늘도 꽃처럼 웃기만 하네요

바람결에 담겨 오는
그대 향기와 음성이 내 것이 아니기에
가슴이 저릴 뿐입니다
미어질 듯 아린 이 사랑을
오늘도 삼켜 냅니다

설렘

저 먼 들판에 핀 꽃에
흰나비 훨훨 다가와
붉은 마음 흩날리네

바람 한 점 없는 하늘인데
꽃은 흰나비 날갯짓으로
마음이 붉게 흔들리네

포근하고 아름답게

겨울 내내 시린 시간 속에서
얼어 버린 나를

하얀 외로움을 건너면서
웃음을 잃어버린 나를

너는 봄바람처럼 감싸 안아 주네
포근하고 아름답게

사랑일까

스치듯 지나간
그대의 향기는

잠깐 머물다 간
그대의 눈동자는

사랑일까

벚꽃 잎

떨어지는 벚꽃 잎이
어깨에 내려앉으면
사랑이 이뤄진대요

나무 아래서
내내 서 있을게요
꽃잎 내릴 때까지
그대가 날 좋아할 때까지

물음표

이 사람이다
마음속에 느낌표가 지나간 뒤
이름은 뭘까
몇 살일까
뭘 좋아할까
수많은 물음표가 태어나기 시작했다

마음이 변했어

너의 맘을
알아 가고 싶었는데

너의 맘을
안아 주고 싶어졌지 뭐야

벚꽃 잎만큼

꽃잎 진다며
아쉬워하는 그대에게

지는 꽃도 예쁘다며
꽃보다 예쁘게 웃는 그대에게

흩날리는 벚꽃 잎만큼
사랑한다고 말할게요

봄으로 가는 길

봄으로 가는 길에 서서
시린 겨울과 인사를 나누고
언 마음을 두 손으로 녹이며 걸어갑니다
걷다 걷다 뒤돌아보니
하얀 발자국은 미련이 남는지
먼저 가라고 손짓하며 웃습니다

봄으로 가는 길이 길어서
잠시 쉬어 가는 동안에 그대를 만났습니다
오고 가는 이야기 속에서
같은 모양의 설렘과 미련을 가진
우리라는 것을 알았습니다

봄으로 가는 길 끝에서
하늘하늘 예쁘게 피어날 것 같습니다
저만치 떨어진 곳에서
봄이 어서 오라고 부릅니다
우리는 서로의 눈동자 속에서
미소 지으며 걸어갑니다

2부

당신의 밤에 별을 띄울게요

설명할 수 없는 마음

누군가 그대를 얼마나 사랑하는지 묻는다면
아이처럼 망설이기만 할 것 같아

그댈 향한 나의 마음은
설명할 수 없는 마음이니까

나의 이름을 부를 때

그대가 나의 이름을 부를 때
그 이름의 주인이
나라서 좋아요

나를 부르고
나만 바라보는
그대가 있어서 행복 속에 살아요

그대 눈동자에 들어가 있는 지금도
나의 이름은 당신의 입술 끝에 앉아
예쁘게 미소 짓고 있네요

하늘에

누구나 하는 그 흔한 말이
나에겐 이토록 어려운 일이라서
한 걸음마다 망설여요

함께 걷는 그대가 잠시
고개를 돌릴 때
하늘에 적었어요

사랑한다고

내 곁에 있어 줘요

솔직 담백하게 말할래요
첫눈에 그대에게 반한 건 아니지만
서서히 나도 모르게 마음이 갔어요

정말 정말 나도 모르게
나의 눈동자를 그대에게 빼앗겼어요
모든 세상이 온통 그대로 보여요
그러니까 평생 내 곁에 있어 줘요

그대죠

메마른 마음에
그대는 살며시 내려앉아
몰랐던 감정들을 알게 해 줬어요

움츠렸던 꽃이 피어나듯
맑은 웃음으로 핀 내 모습이
그대에게 행복이면 좋겠어요

오늘도 내일도
언제까지나 나에게 사랑은
그대죠

아쉬운 길

손을 잡고 걷는다
1초라도 더 보려고
시간이 멈춘 듯 걷는다

하얀 미소 바라본다
추억 한 조각 더 담으려고
영원처럼 바라본다

바래다주는 길은
매일매일
아쉬운 길

별이 내려왔나

그대 예쁜 얼굴
눈 감고 보아도 눈이 부셔
별이 내려왔나 싶었네

약속

오래오래 함께하자고
약속하며 바라본 너의 작은 손

먼 훗날 주름진 너의 손을
두 손 가득 잡을 수 있고
바라볼 수 있기를

약속하는 그 짧은 찰나에
기도했어요

그대를 위해

내 마음이 바람에 흩날리다
작은 꽃잎 위에 앉았습니다

다 찢긴 마음이 이제야 웃습니다
그대의 향기는 모든 슬픔을 잊게 합니다

못난 나를 바라보며 늘 웃는 그대
이제 그대를 위해 살겠습니다

별이 어디 갔나

별도 너도
숨어 버린
이 밤이 아쉬워

사라진 별을 찾아
마음이 걷는 대로
밤을 헤매네

마음은 너에게
나를 데려다 놓고
수줍게 숨어 버리네

별이 어디 갔나 했더니
여기 있었구나
너의 눈동자가 되었구나

밤 구름

밤이라고
구름이 없는 것이 아니다

밤하늘엔
밤 구름이 있다

잘 보이지 않을 뿐
언제나 소리 없이 머문다

늘 너의 곁을 지키는
나처럼

우리

쓸쓸한 이 마음
둘 곳 없어
서글피 올려다본 밤하늘

나는 별을 보고
별은 나를 보고

빛나는 눈동자로
빛나는 몸으로

서로를 위로하는 우리

시간이 멈추면

지금 이대로 시간이 멈추면
얼마나 좋을까

곤히 잠든 널 보며
생각했어

세모 네모

우리는 마음의 모양이 달라요
나는 세모
당신은 네모

움직일 때마다 아프게 부딪히지만
서로의 뾰족한 부분마저
감싸며 지내는 건
우리 사이에 사랑이 있기 때문이에요

미완성

네가 없다면
미완성으로 남을
나의 세상

수억 개의 행복이 있다 하여도
너라는 조각이 없다면
나를 완성할 수 없어

사랑한다는 말

온 세상을 향해
미소 짓는 꽃을 빌려

그댈 닮은
이쁜 잔에 꽃차 한 잔 드려요

사랑한다는 말이에요

너라는 사계절

봄날의 바람처럼 널 안아 주고
여름의 태양처럼 널 응원하고
가을의 낙엽처럼 널 위로하고
겨울의 눈처럼 널 사랑할게
그렇게 너의 사계절에 내가 있을게

촛불

뜨겁게 뜨겁게
내 키가 작아지고
사랑했던 기억들이 타오르고
소리 없는 눈물이 넘쳐흐르는 밤

우리를 질투하는 바람이
나를 괴롭히는 밤
사그라드는 나를
두 손으로 안아 준 당신

어둠 속에 묻히며 기도합니다
또 한 번 불씨로
이 세상에 오게 된다면
당신 곁이면 좋겠다고

이 밤이 아쉬워요

어여쁜 별
아늑한 밤하늘
달달한 밤공기
고요한 사랑의 속삭임

날 바라보는 너
내 눈동자에 담긴 너
이 모든 것 때문에
이 밤이 아쉬워요

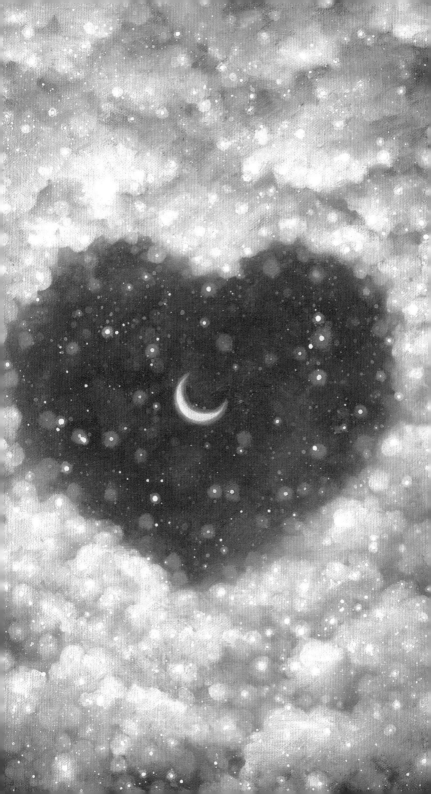

너의 밤을 안아 줄게

긴 하루
쌓여 버린 고민이
너의 맘을 헝클어 놓는 밤

누군가의
따스한 인사도 없는
공허함만 흩날리는 밤

마음이 떨군 눈물을
어둠 속에 묻고 잠든 너에게
밤을 건너 걸어갈게

작은 별이 되어
나의 빛으로
너의 밤을 안아 줄게

너를 헤는 밤

너의 온기가
아직 손에 남아
돌아가기 아쉬운 밤

밤하늘은
온통
너로 반짝인다

우리의 시간이
어두워질수록
빛나는 나의 별

밤을 가득 채운
너를 헤다가
영영 길을 헤맨다 해도

나는
나는
좋아

한여름 밤의 꿈

우리의 사랑이
한여름 밤의 꿈일지라도
잊지 말기로 해요

우리의 사랑이
수많은 꿈속에 가려지더라도
이 순간을 기억하기로 해요

당신의 밤에 별을 띄울게요

밤 향기에 취해
잠을 잃은 당신께
사랑한다는 그 흔한 말보다
더한 사랑을 주고 싶어서
밤을 걸어 당신에게 갑니다

당신의 밤에 닿으면
사랑하는 만큼
나의 마음은 별이 되겠죠

곤히 잠든 당신이
꿈속에서도 어여쁘도록
사랑하는 마음을 모두 모아
당신의 밤에 별을 띄울게요

3부

별이 지던 날의 우리

잘 가요

떠나는 길이
더 아프지 않게
바래져 간 추억도
아련한 마음도
전부 가져가세요

이별이 준 상처가
좋았던 날을 베어 내도
그댈 간직하며 살게요
잘 가요

사랑했다

처음 본 순간부터
너를 마음에 담았다

널 향한 애틋한 마음은
단 하루도 거짓이 없었다

너에게 온전히 닿지 못했던 날에도
무심한 듯 내리는 비에 젖은 날에도

변치 않는 다정함으로
너를 사랑했다

달의 뒷모습

달의 뒷모습을 볼 수 없듯이
너를 다시는 볼 수 없겠지

달빛 드리운 밤이면
그리움이 널 부르고

달빛 가려진 밤이면
추억이 널 데려오겠지만

달의 뒤편에 닿을 수 없듯이
너에게 다시는 닿을 수 없겠지

나무와 낙엽

나무와 낙엽은
우리를 닮아
아슬하게 잡은 손을
놓으려 하네

붉어진 마음 메말라 갈 때까지
같은 시간을 걸었던 우리도
나무와 낙엽도
모두
이별하네

이별

세상에서 가장
가까웠던 우리가

세상에서 가장
멀어지는 일
이별이야

사랑이 그래요

사랑이 그래요
영원한 듯 약속하지만
비가 그치듯 그쳐 버려요

사랑이 그래요
다신 하지 말자고 다짐하지만
햇살 내리듯 다시 온대요

없었던 사람

나는 나는
당신에게
없었던 사람

한순간이라도
머물다 가지 말고
마음 고이 닫아 주오

내 눈물 보여도
못 본 척 가시며
마음으로 닦아 주오

마지막으로 이것만
기억해 주오

나는 나는
당신에게
없었던 사람

마지막 눈물

마음을 떼어 내고
가시는 길
마지막이라도 아름다울 수 있게
애써 예쁜 미소를 짓습니다

가시는 그대가
한없이 멀어지며
연무처럼 쓸쓸히 사라질 때
비로소 참았던 눈물이 뜨겁게 흐릅니다

우리의 시간

우리의 사랑은
덧없이 흘러 어디서 멈추게 될까

우리의 시간은
이별이 온다 해도 그리움이 되어 흘러가겠지

가을밤

이별을 안겨 주는 당신을
가을바람처럼 시린 눈물로 바라봅니다

낙엽 우는 가을밤
눈물로 인사를 나누고 돌아섭니다

바람에 힘없이 흩어지는 낙엽이
꼭 우리처럼 멀어져 갑니다

두 그림자

너의 집 앞 가로등 불빛에 기댈 때
두 그림자가 천천히 다가왔다

하나의 그림자는
내가 너무도 사랑하는 이의 그림자

또 다른 그림자는
낯선 이의 그림자

두 그림자가 하나가 될 때
나의 사랑은 끝을 향해 걸어갔다

봄과 가을

우리는 이별한 이후로
세상에서 가장 먼 사이가 되었어

마치 봄과 가을처럼
다신 만날 수 없는 우리는
그리워하는 일밖에 할 수가 없어

또 하나의 이별

끝인사만 덩그러니 남겨 두고
가시는 그 뒷모습 끝에
또 하나의 이별이 쌓여만 갑니다

당신에게 닿기 위해
쉼 없이 걸어온 발자국은 별보다 많은데
당신 떠나는 그 몇 발자국은
눈물 없이는 볼 수가 없습니다

당신 뒷모습에
잘 가라는 인사를 끝내 못 하는 이유는
정말 이별이 될 거 같아서
그저 눈물만 안을 뿐입니다

마음 두고 간 사람

작은 내 가슴 안에
마음 하나 두고 간 사람이 있습니다
이별이라고 말해 줘도 눈치 없는 마음은
그 사람을 애타게 부릅니다

따듯했던 사람이었기에
혹시나 봄이 되면 다시 올까
긴 겨울의 끝과 봄의 문 앞으로
마중 나가 기다립니다

눈물이 그칠 때까지

이별을 말하는 그대의 입술이 밉지만
이 손을 놓을 수가 없네요

이별보다 그대의 눈물이 빨라서
두 손 가득 눈물이 번져 가요

그대 눈물 다 그칠 때까지라도
곁에 있고 싶어요

나의 별

너는 별
나는 밤하늘이 되어
우리 헤어지지 말아요

이별 길

그대는 알까요
지금 이 길이
함께 걷는 마지막 길이란 걸

그대는 모르죠
이 길 끝에서부터
우리는 추억이 된다는 걸

그대도 울겠죠
이별 길에 흩날리는
추억을 본다면

같은 이별

떠나는 그대여
부디 슬퍼하지 말아요

떠나는 마음이
미안하지 않도록 웃어 줄게요

수많은 추억을 함께했듯
같은 이별 하나씩 손에 쥐고 떠나기로 해요

몰랐습니다

그토록 바라던 그대를 만나서
세상의 아름다움에 눈을 뜨고
내 작은 어깨도 그대에겐
바다보다 넓고
햇살보다 따듯하고
봄처럼 포근하다는 것을 알았습니다

이토록 소중한 그대가 떠나서
세상의 아름다움도 소용없어졌고
내 작은 어깨가 더 초라해졌습니다
사랑의 오고 감이 이토록 아플 줄은
정말 몰랐습니다

화병(花瓶)의 슬픔

이토록 아름다운 그대는
뭐가 그리 급하여
이내 시드는가요

달이 지면 해가 뜨듯
헤어짐이 당연하다 하여도
시드는 그대 보기 힘들어
눈을 감아요

이별할 수 없는 이유

이별 두고 가는 밤
영영 안 볼 듯
뿌리치고 걸어도

아아
달 옆에 걸린
네 얼굴

아아
별 사이사이
네 얼굴

아직
우린
이별할 수 없는 거야

걸어가 주오

나의 손을 놓고 가는 그대여
안개가 앞을 가려도
모진 비바람이 살갗을 아리게 하여도
그 길을 걸어가 주오

가끔 내 생각에 눈물이 다가와도
외로움이 파도처럼 밀려와도
그리움 앞에 지지 말고
그 길을 걸어가 주오

나무와 낙엽의 이별

이제는 헤어져야 할 때
꼭 잡았던 손을 놓아야 할 때

붉게 물든 얼굴은 설렘의 뜻이 아니라
아픔이라는 것을 알아도
움켜쥐었던 당신을 놓습니다

보내는 나와 떠나는 당신
누구 하나 쉬이 잠들 수 없는
가을밤입니다

가지 마오

가지 마오
가지 마오
마음속으로만 하는 말

입 밖으로 꺼내면
수만 걸음 더 멀어질까 봐
차마 못 하는 말

아무 말도 못 한 채
그저 떠나는 모습이라도
눈에 더 담아 봅니다

주신 꽃

떠나실 때 주신 그 꽃
시들시들 생을 다할 때까지
바라봅니다

시든 꽃이 다시 피면
돌아오겠다는 그 말

영영 마지막이란 걸
오늘에야 알았습니다

온 세상이 너라면

온 세상이 너여서
애틋한 순간들을 살았고
모든 하루가 아쉬웠어

내 세상에서 널 빼면
숨 없는 삶일 텐데
숨 같은 네가 멀어져 간다

온 세상이 너라면
걷는 걸음마다 추억이 밟혀서
이별마저도 이별이 아니겠지

4부

너도 저 별을 보고 있을까

두 글자

가슴에 쓴 '인연'이라는 두 글자는
끝내 우리의 것이 아니었어

지워지지 않는 두 글자는
이제 그리움으로 남아 있구나

보고 싶다

보고 싶다
마음으로 외치는 말

그런 나의 마음보다
먼저 떠오르는

네가

너무 보고 싶다

노을이 지는 이유

아주 오래전
낮과 밤은 이별했대요

낮이 밤을 너무 그리워해서
매일 운대요
그래서 붉은 노을이 진대요

당신 생각

홀로 먹먹한 밤의 끝에 섰을 때
떠오르는 한 사람이 있습니다

모든 걸 다 잃고도 품에서 작은 사랑을 꺼내
나에게 곱게 안겨 주던 사람

자신에게로 밀려오는 고됨을 두 팔로 막아내며
나를 더 걱정해 주던 사람

당신이 있었기에
그 시절의 나는 슬픔보다는 행복을 알았고
주는 사랑을 배웠습니다

밤이 참 깁니다
당신 생각 조금만 더 하고 자야겠습니다

여행 같은 사랑

낯선 곳에서 맞닿은 우리는
같은 시간을 걸으며
여행하듯 추억을 새겨 갔어

비바람이 불어와
사랑은 결국 추억이 된다며 속삭일 때쯤
우리는 다른 시간 속으로 멀어졌어

다시는 닿을 수 없지만
가끔 너와의 여행을 떠올려 보곤 해
이렇게 보고 싶은 날이면

나의 그리움

나에게 있어 그리움이란
잠 못 드는 새벽을
너로 채우는 일

가신 임

시리도록 아린 마음으로
나를 두고 가신 임
왜 다시 나의 눈동자에 비치시나요

그대 떠나던 날
바람에 사랑을 흩뿌렸기에
그저 눈을 감을 뿐이에요

몽중화

어김없이 꿈에서
또 당신을 만났네요

당신이 만개한 꿈에
추억이 마구 흩날려도

이 꿈의 끝에서
또 이별이 우릴 기다리겠죠

텅 빈 내 꿈속에
잠시 피었다 지는 당신이 아쉬워
아침이 오지 않길 기도합니다

눈꽃

홀로 걷는 거리에
하염없이 내리는 눈꽃이
너를 데려온다

눈꽃이 다 녹으면 사라질 너지만
그 어떤 계절보다
그리운 그 겨울

눈처럼 안아 주던
네가 있던
그 겨울을 걷고 싶다

낡은 편지

서랍 속에 홀로 남겨진 편지는
먼지를 안은 채
눈 비비고 있어요

얼마 만인지 모를 밝은 세상이
반가워서 울고 있어요

그리운 이야기를 품은 채로
수많은 밤을 지새웠겠죠

나의 눈에
나의 마음에
다시 펼쳐지는 이야기가
가슴 저리게 반갑습니다

눈비

흩날리는 눈비에
마음이 젖어 버렸습니다

당신이 없는 겨울이 아프도록 아름다워서
얼른 봄으로 달아나고 싶어집니다

당신과 함께 맞았던 그 겨울의 눈비가
어깨에 내려와 이별의 눈물을 떠오르게 합니다

돌아오는 그 어떤 겨울에도
같이 눈길을 걷자던 약속
끝내 못 지킨 내가 미워집니다

당신이 있는 곳에도 눈비 내린다면
그때의 나를 생각해 주세요

꿈

6월에 눈이 내린다면
아마 꿈속일 거야

그립던 너의 눈동자를 본다면
또 꿈속일 거야

그치지 않는 너

비도 내리다 그치는데
네 생각은 그치지 않네

아마도

우산 속에 둘이었던 우리가
그리워서인가 봐

노란 위로

보고 싶다
보고 싶다
마음속으로 수천 번 외쳐 본다

아무도 없는 침묵의 밤
쌓이고 쌓여 끝내 터져 나와
허공에 흩날리는 그리움

창문 사이로 내린 달빛만이
노란 위로를 건네는 이 밤

별처럼

캄캄한 밤
발자국 소리만이 내 친구 같아
하얀 눈물 한 방울 흐를 때

너는 나에게 다가와
별처럼 말하고 별처럼 미소 짓네
너는 그 어느 날의 추억이려나

너의 밤은 따뜻하기를

새하얀 눈길을 걸어도 외롭지 않아요
발자국 하나, 둘, 셋, 넷
나와 함께하니까요

홀로 남겨진 겨울밤이 슬프지 않아요
눈꽃이 소복소복
아픔을 덮어 주니까요

그래도
새하얀 눈에게
거짓말은 못 하겠네요
사실 아주 조금은 그립네요

밤을 빌려 기도할게요
부디 너의 밤은 따뜻하기를

두 마음

외로움이 외롭다고
앞으로 걸어가자 하네

그리움은 그립다고
뒤로 돌아가자 하네

어쩌면 좋을지 몰라
가만히 서 있네

그리움의 길이

사랑의 기쁨은
그토록 짧았는데
그리움은 너무 기네요

그리움의 길이는
얼마나 길까요
언제쯤 그리움이 끝날까요

잘 지내나요

봄 여름 가을 겨울
계절마다 그립네요

봄 여름 가을 겨울
그댈 닮은 예쁜 옷을 입고

여전히 그 시절 그 모습 그대로
잘 지내나요

그대의 향기만

꽃도 피고 지고
계절도 오고 가는데
떠난 그대는 오지 않고

꽃보다 꽃 같은
그대의 향기만
그리움 되어 솔솔 불어오네